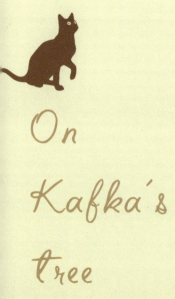

On
Kafka's
tree

知 闲 —— 著

在卡夫卡的树上

敦煌文艺出版社

图书在版编目（ＣＩＰ）数据

在卡夫卡的树上 / 知闲著 . -- 兰州 ：敦煌文艺出版社 , 2023.9
ISBN 978-7-5468-2422-2

Ⅰ . ①在… Ⅱ . ①知… Ⅲ .①诗集－中国－当代 Ⅳ . ① I227

中国国家版本馆 CIP 数据核字 (2024) 第 161154 号

在卡夫卡的树上

知闲　著

责任编辑：张家骝
装帧设计：马吉庆

敦煌文艺出版社出版、发行
地址：（730030）兰州市城关区曹家巷 1 号新闻出版大厦
邮箱：dunhuangwenyi1958@126.com
0931-2131536（编辑部）　　0931-2131387（发行部）

兰州银声印务有限公司印刷
开本 889 毫米 ×1194 毫米　1/32　印张 7.75　插页 4　字数 110 千
2024 年 4 月第 1 版　　2024 年 4 月第 1 次印刷
印数：1~3 000 册

ISBN 978-7-5468-2422-2
定价：58.00 元

作者简介

  知闲,原名闫杰,甘肃宁州人。作品百余首发表于《中国诗歌》《诗选刊》《作品》《诗歌月刊》《南方文学》《牡丹》《新作文》《陇东报》等报刊,曾获第二届中华校园诗歌奖等奖项,入选《2009-2010中国打工诗歌精选》《青春飞翔》《新时期甘肃诗选》等多种选本。大西北诗社主要成员,曾创办民间刊物《大西北诗刊》。

谨以此书献给我的女儿

序

知闲与诗及闫杰与现实生活

马 野

一

很早就知道有一个庆阳在外打工的年轻人，笔名叫知闲，写诗。读过知闲发表在本地刊物上的一些作品，写得不错。后来又听说知闲创办了一份刊物《大西北诗刊》，颇有影响，聚拢了一批年轻诗人，特别是打工的写诗者，并以此为平台举办了"甘肃80后诗歌大展"活动。活动举办的时间是2008年，那个时候的"80后"，还是20岁左右真正的年轻人，有这样一份民间刊物、这样一个活动，对于他们来说就是起步的台阶。要知道，2006年创办《大西北诗刊》时，知闲也才21岁，走出校门不久，正是四处漂泊、求职谋生的时候。虽然未曾谋面，但已心生敬意。这是写诗的知闲。

二

我接触过许多生存艰难、但痴心写作的人，在由衷敬佩的同时，不免担忧。我深知写作，尤其是写诗，不但养不了家、糊不了口，反倒会因为常常处在缪斯的迷梦中，恍兮惚兮，影响稻粱之谋。知闲是一个清醒的爱诗者、写诗者，经过多年的漂泊闯荡，2013年回到家乡创办了庆阳圈子互联网科技有限公司。虽然是一个小公司，但已是庆阳有影响的新媒体，缴纳税金，提供就业岗位，个人的生活也得到了保障，在微信朋友圈经常可以看到他遛娃的幸福场景。这是作为庆阳圈子互联网科技有限公司总经理的闫杰。闫杰是知闲的原名。

三

知闲是把"谋道"与"谋食"结合得很好的一个人，他把写诗的知闲与经营公司的闫杰有机地融为一体，毫不违和。知闲每年都会请文坛的朋友坐一坐。

他少言寡语、滴酒不沾，听凭朋友们高谈阔论、吆
五喝六地喝酒，他只静静安坐，殷勤地递烟、倒茶、
斟酒，既不参与文学的话题，也不谈自己公司的经营，
完全像个局外人。有时被问起"还写诗吗"，只是颇
为羞涩地应一声"写得少"；有时被问起"公司怎么
样"，也只是颇为羞涩地应一声"还行"。直到几天前，
他发信息说准备出一本诗集，想请我写个序，我才确
信写诗的知闲还在，知闲的诗心还在。

四

诗首先是感情的产物，"情动于中而形于言"。也
许近些年无病呻吟、不知所云的诗读得太多，读知
闲的诗总有一种亲切感。他的诗的轨迹和生活的轨
迹几乎完全重合，有在异乡的思绪，对家乡的思念，
感情的如意与失意，对于同样在异乡漂泊而更为潦
倒不幸者的同情，也有对社会现象较为深刻的反思。
当然，诗是语言的艺术。诗需要通过陌生新颖、个性
跳跃的语言营造朦胧含蓄的意境。按照这样的要求，
知闲的诗语言直白了一些，诗味浅淡了一些。但是，

这并不重要。我们需要伟大的诗人,需要传世的作品;同样也需要写诗的邻家男孩,需要与普通人具有共情的诗。知闲的诗肯定是他的同龄人和具有经历相似的人所需要的,也会为他们接受和喜欢的。

> 我曾经做过一个诗人的梦
>
> 比含羞草的微笑短一秒
>
> 比昙花绽放的长一寸
>
> 仿佛少年的初恋,令我日夜失魂
>
> 我曾经搜肠刮肚地寻找大脑里
>
> 每一个可以使用的合适词语
>
> 歌颂生活,赞美生命和一切美好的事物
>
> 一切在我的笔尖像流畅的行云欢快

这是知闲的诗。有梦就有诗,有诗就有诗意的生活。诗意地活着,最好!

2022 年 10 月 12 日

目 录

Contents

第二辑 | 鸬鹚窝的春天

第三辑 | 忌日

第一辑

在卡夫卡的树上

在卡夫卡的树上

在卡夫卡的树上

我成了一只可怜的大甲虫

乡村教师一直在我的耳边　唠叨

这个世界真糟糕，而人们无动于衷

这句话，常常使我内心难堪

没有任何反抗的气力

曾经诅咒过许多次，都被约瑟夫•K阻止了

在卡夫卡的树上

常常提着雨伞，穿着雨靴的家伙

总说我爬行的样子有伤大雅

在他的面前　我几乎不敢说

业余时间我还写诗

我和可怜的丈量员K相依为命

这种生活的愉快度，趋向零

在卡夫卡的树上

我终日在寻找门缝，却一次又一次地失败了

卡夫卡改变了最初的想法

他愿意在这棵树上

为我们这些小丑养老送终

我真希望像乔治一样

掉进水里，判决这个世界

一只船停在荒凉的河岸

十月，芦花洋洋洒洒地掉在地上

一片白茫茫的迷乱中

有人，背起了简单的行囊

压垮了原本挺直的背影

迎着黑夜，掩饰了月光的色彩

一群跳动的死尸在招手

一些杂乱的欲望，攻着心门

都无碍一颗平静的心

拾起一根干枯的树枝　划行

一只船停在荒凉的河岸

一个人，走进了坟堆

芦花苍白的脸上，多出了许多皱纹

怀念

一

一条道路通向窗户的深处

或许，这条路的深比窗户更深些

打碎诗歌的路灯或蒙上眼睛

我都能够抵达那扇窗之后

我熟知那条路，和一个写作的男人有关

在一个雪花与烟花共舞的夜晚

两个寂寞的灵魂，曾在公园的一角

锈迹斑斑的椅子上

抓着酒瓶，形影相吊地喝酒

沉默如同一场冬梦

把他们带进了，另一个渴望的世界

二

月亮的背后一定很冷

以外的事情，只能凭借童话证实

孤独像一道催眠的诅咒

水仙花依然在暗地笑得灿烂

一团灯火，所有的文字都散开了

唯独留下一个像被戏弄的"情"字

皱着眉头，试图从月光下透明的白纸中

逃离或者解脱

却被四周莫名的神经裹得更紧

三

这样的夜晚，全身沾满了发光的磷粉

导火线敏感得如同猎狗的嗅觉

准备随时引燃一颗跳动的心脏

同思考的歌者一起从孤独的泥潭解脱

月亮在月亮的阴影中依然沉睡

桃花却在几片相思的叶子中失眠

见证了一场爱情和一个诗人

与自己争斗的全部过程

约瑟夫之死

树木在摇曳中流泪，妙龄少女

春天，阳光刺透暗室的窗纸

不寻常的遭遇，被黑夜里的冷笑惊醒

无处藏躲，一堆废话，插上寂寞的翅膀

暗夜、呻吟、放荡，丢失自己

杀不死的骨头，拍不碎的骨头

老泪纵横，一位父亲的坚强被击垮

倒在一群狼的脚下，竖着卑微的指头

无缘，一场新的决斗

逐渐地，逐渐地消失在视野中

虚拟的网络救不了英雄，也救不了家庭

自由正在强大，新的力量正在来临

一波一波地渐失，一波一波地忘却
谁会理会时代的痛，没有人知道正义
仰着头颅者，才是永远的英雄

约瑟夫们的命运只能如此
打不败你的灵魂，那么
腐蚀你的身体、你的灵魂、你的正义
一点一点地屈服，一点一点地绝望
直到无药可救，直到无法死亡

一个人的战争

在夜晚之前，习惯坐卧山丘之上

看夕阳，如鲜血染红天空的壮丽

想象未来的坎坷与惆怅，在历史的空洞中

找出梦的大河，将自己沉溺于河谷

割破血管，静静地望着周围的反应

期待几个相知的朋友劝阻，哪怕不经意的警告

热气腾腾的鲜血，涌出从未有过的新鲜

疼痛的生气丝丝冰冷，报复的快感贯彻周身

逐渐冰冷。僵硬。大笑。直至恐惧产生

挣扎开始，才知道冲动的力量

后悔的号角吹响，而战争已经接近尾声

十月，发呆

十月，写不出一首诗

坐在屋檐下，对着一群鸽子傻笑

直到黑夜打散羽毛的雪白

蝙蝠闪亮的翅膀

将月亮挂在空中

一个人，对着空酒瓶

发呆

丁香的六月

一条河流里斜射的光影

掠走了甜美的回忆

梦的翅膀向七月，张望

划破了，季节脆弱的皮肤

六月伤痕累累地躺在一块青石上

疲惫地舔着伤口，爱抚着瘦弱的自己

夜晚夏虫张扬地鸣叫

像一场盛大的红歌比赛

在月光填满幻想的背景下

掩饰不住六月，提炼的沧桑

以及诗人遗失红豆的忧伤

在太阳如炉中煤的午后

一个长发飘逸的女子

如雨巷中哀伤的丁香姑娘

穿过马路，像气球一样飘了起来

完整的六月被定格在那一刻

同一个悲伤的诗人

陷进了深邃的广寒宫

两季的水仙

水仙花在我的床头生长

每夜与清晨，我像一个虔诚的信徒

必祈祷上苍似的给它

喷洒生命的泉水

顺便许下我这一生的渴求

把它移植成开花的实体

北方的天气

像一块生硬的磁铁

透着令人哆嗦的无法抗拒的寒气

谁承想在失落的岁末

美丽，矜默的水仙

承接了我那耳喀索斯似的情怀

寂寥在城市的天空肆无忌惮地蔓延

它像阳光与爱的精灵

在我最困惑的窘境和难熬的时令

淡化了叶黄和雪白的惆痛

赐予我春天和心情

阴暗的天空

广场，一对青年正在上演

长长的巴黎之吻，天桥上摇摆的破碗

热切地乞求着同情的纸币，飞速的

红色法拉利越过行人的视野，一位

老人呻吟的疼痛，穿过手术室抵达产房

放风筝的少年忘记了，口袋里铅球的重量

祖辈的梦想被抛弃在城市的荒角

漏水的教室，露出许多灾难的病历

充满渴望的双目，在对视的苍凉中

逐渐映出一只木鱼的样子

变化

或许不是金鱼，是花鱼

或者是一条被人们抛弃的美人鱼

其实这些都不重要，重要的

是它在三天前不告而别

从十二岁开始捉小泥鳅养

截至今天，我已经养过一百零三条鱼了

我喜欢养鱼，喜欢静静地观察

它们没有眼泪生活的样子

很长一段时间，我固执地认为

那水中游弋的鱼儿，才是我今生最贴心的伙伴

每夜，整理完白天凌乱的诗稿

我都会为它们换水，喂食

整整十二年，我们朝夕相处

而今天，我喂养了一年零七个月

双双和它的妻子，突然死掉了

一切，都和往常一样

我确定，从未做过任何多余的动作

换水，喂食都是十多年来的习惯动作

然而，它们却死了

那么突然

我想到一个干脆的词语

当眼帘中填满文字

我便想沉沉地睡去

睡眠可以忘却，如果运气足够好

可以美滋滋地做一场春秋大梦

黄袍加身，粉黛三千或名誉满堂

这些都是我确实欢喜的

贫困和孤独使我狼狈

猪狗不如地残喘着生活

令我对自己充满怨恨

于是，我想到一个极其干脆的词语

路过西安

二〇〇七年一月二十七下午

古老的西安，失去了往日的光辉

乌云占领着长安大街的每一个角落

送走女友，我独自在熙攘的火车站

徘徊，秦始皇凌乱的战队

不时被一群往返的脚步

硬生生地拾起，融入思古的胸口

十三朝繁华的熙熙攘攘与更替的历历鲜血

在心中，像一块沉重的石头

随着乌云压弯了我

即将仰望的头颅

昨夜，我梦见有人要离去

在童年的课堂里，欢笑像一种讽刺

我们又一次重温过去的美好时光

又一次逃离学校，在黑暗的胡同打架

满脸是血，我并没有想到不会离去

我们还很年轻，而且事业未成

在你疼痛的尖叫中，我从梦中惊醒

一身的虚汗，我才知道

那只是一场突如其来的梦，而我

在梦中分明看到了自己的胆怯

我怕了，死亡真的很害怕

从此，我再不敢面不改色地谈论它

匆匆忙忙给你电话，怕你真的

向我作别，那时的我会不会像梦中一样

晕倒在地，永远走不出死亡的阴影

怀念，多么可贵。珍惜的又何止现在？

在黑夜的路上

夜空中

懒散地飘着几朵寂寞的雪花

凭借着灯光

悠闲地闪烁——

动人的旋律

借着无休的寒风

壮丽　壮丽

山路上

孤独地走着一个狂人

凭着幻想——

正攀登着人生的巅峰

依靠着不怀好意的生活

逐渐地

高大　高大

在诗歌的天国里

生下自己所宠爱的孩子

怀念久失的豪迈和岁月的伤感

把生活的仓库堆积得丰满

在生锈的床架上

深深地刻下自己的名字

期待下一个仰望者陷入思考

披上神秘而敬仰的风衣

在冬天的废墟上

仓促地写下雪白的文字

等待那遥远的遥远的岁月

撒一把青绿　绿成一片汪洋

坟堆上哭泣的男人

山间的杂草丛

蝴蝶像一个被休的疯妇人

飞舞着龙卷风的味道

好似被整个世界遗弃

我坐在坟堆之上

想象曾过的这几十年

任悲哀的分量在心中较劲

把过往的点点滴滴一一紧密地铺平

漠然地对着可怜的蝴蝶和自己流泪

多余

在怀念那条鱼的同时

不知不觉中陷入了回忆的河流

我们的水仙花，美尾鱼，双人枕头

被称为小狗熊的黑色暖水袋

以及三年零七个月的日日夜夜

就像失去了放映员的电影

在大脑的空白处，重复而邋遢地放映

而挂满蜘蛛网的花盆，有水无鱼的

鱼缸，丢失塞子的情敌小狗熊

以及爬满灰尘的双人枕头

如同失去了演员的布景

此刻，显得那么多余

我的笔尖

我的笔尖，一只原生态白鹤

划过诗歌的天空

抒写的永远是我和我的世界

王者与王者所创造的精神世界

血液奔腾的激流的草木

以及爱之神所赋予生命的光阴

一切将在我的脚下

滋长一团熊熊烈火

我的笔尖，一只撒欢的黑鹿

四蹄，奔过潮湿的大地

麦地的新绿，赤裸着金黄的玉米

一直延伸到岩浆与井底的清泉

以及我祖祖辈辈渴望拥有的小洋楼

我发疯地热恋着它们

热恋，使它们感动、发春、向我走来

我和它们一起拥抱着睡去

失去它们，我将失去良心

我的笔尖，一只沙哑的猫头鹰

在黑夜的黑色森林深处

寂寞地哀悼着

失去的和即将失去的一切

皇宫中的忧愁思绪啊

麦子与土地之间运转的雨水啊

每夜，每夜

在我明亮的台灯下，暴晒

我的笔尖啊

海洋与村庄，土地与爱情

生活与我

站在悬崖边望自己

——献给精神的我和肉身的我

遥望自己悬浮在空中的肉体

一点一点地远去

思想竟如此困惑

使我无力裁剪生活中的另一个自己

寂寞的尽头是孤独的深渊

我站在黑夜的边缘

看自己的影子一点一点地被拉长

伸出左手却无法将右手重合

在卡夫卡的树上

ZAIKAFUKADESHUSHANG

未来的人们，请记住我

未来的诗人，政治家，泥匠，铁匠

农民，工人，赌徒，乞丐

一切将要来到这个世界上的人们

在人生的春天，缤纷五彩的青年之光下

我曾经做过一个诗人的梦

比含羞草的微笑短一秒

比昙花的绽放长一寸

仿佛少年的初恋，令我日夜失魂

我曾经搜骨刮肠地寻找大脑里

每一个可以使用的合适词语

歌颂生活，赞美生命和一切美好的事物

一切在我的笔尖像流畅的行云欢快

在自己一手建造的童话里生活了许多年

虽然少有可以炫耀的成绩和功勋

未来的诗人们，各行各业的人们

请记住我

和我曾经执着幻想以及耕耘的点点滴滴

只为站立的虔诚祈祷

残缺的月亮竟然如此的不朽

执着地抛在空中

倔强地坚守那份纯洁

却不知

如何演绎人生的悲欢离合

多少个夜晚

独自对月呓语

却永远保持它深沉的沉默

让我更加神往

天地极荒的昏暗

我怕，世界就此变得悲凉

乌鸦的沙哑赶走了最后的一丝

生气，死寂成了唯一可观赏的风景

没有投影的河水，像死去的枯井

一样，也不再有鸟鸣猿啸的清脆

树叶摩擦的声响像幽灵痛悼的

啼哭声

一切

只为站立的虔诚祈祷

（处女作，刊登于《九龙文艺》。2001年模仿《决绝》而作）

我也相信未来

有时觉得自己像可怜的戏子，在生活的舞台上唱着独角戏。无人喝彩亦无人响应。

——题记

月光映着明亮的大地

我站在贫瘠的土地上

演绎着我的人生

风吹动着裙裾

灯火熄了，幕布卷了起来

我依然唱着

只有我自己听得懂的语言

陌生的面孔

冷酷中重复着冷酷的表情

我追求我所爱的人

我选择自己喜欢的生活方式

我努力珍惜

世界给我这个表演的机会

我努力珍惜

所有爱我的人和我爱的人

人们却以为我是一个疯子

把我抬进阴冷的幽谷

那里是囚禁病人的管所

我依然站着，依然唱着

依然写古怪的诗

点点行行

是我人生的向往和憧憬

点点行行

是我注入世间的真情

黎明的钟声敲响了

雨收住了惆怅的网

太阳拨开了迷雾

我的天却依然阴雨

我的世界依然漆黑

在遗忘的山谷

我依然欢快地歌唱着

食指说他相信

未来人们的眼睛

相信未来

我也相信未来

相信未来人们的眼睛

理想与忧郁

夜晚，在诗歌的阵痛中

逐渐露出许多焦人的盲点

黑色的乌鸦，一群流浪的孤儿

像我渴望已久的梦想

在挂满月光的枝头，愤怒

寻找多年的灵魂归宿，像一口

盛满污泥的死井，我和我的意象

漂泊其中，床前明月像梦中的女子

和现实，以及一个宿命论的玩笑

纠缠在脑海中，使我恍惚之间

忘记了许多年前父亲告诫的一切

在一波波年轻的激情中

饱受碰撞的折磨

诗人的归宿

启明星

在天空中悄悄地爬行

向着沉睡的生灵

洒下希望的黎明前夕

在幽暗的丛林的荒地

真理的歌者默默无语

一切在静穆中陶醉

夜飞逝得那么安宁

山顶上茅舍的灯光恍惚

他无意于世俗的荣耀

只是喜欢期待

黎明到来前的那种期待的感觉

平静地避居在荒野山顶

与世无争地苦度光阴

上天赐予他诗人的天赋

他只要安宁与山水

好像

好像叶已经被风刮落

好像记忆早已失去了背影

好像梦被闹钟吵醒了

好像地平线的太阳渐圆了

好像今天要成为一种事实存在

好像该忘却的时间到来了

好像该忘却的时间到来了

好像今天要成为一种事实存在

好像地平线的太阳渐圆了

好像梦被闹钟吵醒了

好像记忆早已失去了背影

好像叶已经被风刮落

想象甘南草原

我想去甘南寻一个精瘦的男子

以及他词句中的蓝天，白云，牛羊

我能想象那是一次多么美好的旅行

在茫茫的大草原上，我骑着一匹白色的马儿

驰骋在那片无边际的天空下

手握着皮鞭追赶它们的样子

或者仰卧在那片青绿上

同那个叫王小忠的诗人喝汉斯大啤

谈论一些与草原有关的传说

或者说一些同诗歌有关联的人事

然后，看柔和的草原落日

迷雾中的青山和牛粪火

直到太阳睡去

月亮以它稀疏的清辉

承接照亮大地的这场使命

我们以醉的姿态开始书写自己

渴望一场雪

十一月的天空，我渴望一场雪

鹅毛般地延续一天

覆盖整个古老的荆州城

把所有的人堵在门槛里面

同我一起聆听贝多芬和他的交响乐

命运，这一怆然生泪的乐章

一个人的寂寞，悬在半空

像午夜即将消失的狼嚎

凄凉而悲壮，如胸膛上的匕首

时不时地使人难以忍受

我渴望一场雪，使人足不出户的大雪

扰乱城市及人群熙攘的节奏

同我一样，对着某段伤感的文字

或者某个激扬涌泪的旋律

一个人，流泪

观察

坐在江堤旁的石头上

用一整天的诗歌，看太阳

怎么从山的那边消失

然后，在看着自己怎样成为

夜晚中的幽灵

坐在台灯下或者走在江边

想一个人的心事

一阵风或一路雪花

人生，在哪一个角落

我忘记了，前进的方向

整整一天一夜

在床上历尽沧桑

如一只死狗

失去了思考的能力

现在，我开始恢复了知觉

我需要，一阵风

送我直接抵达生命的终点

或者一路雪花

常常使我滑倒在路上

此刻，我是一个病人

躺在床上，忘记了白天或者黑夜

就这样静静地躺着，像一个病人

父亲坐在沙发上，一本一本地寻找

我生病的原因或者日期

然而，他什么也没有发现

因为那里从来都没有记录过我的病情

那些赤裸裸的文字，只是我解救自己的配方

第二辑

鸬鹚窝的春天

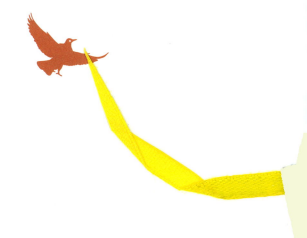

鸬鹚窝的春天

往来的人似一阵风

留下的回味在二巷八号

诗人是一个词语，西红柿鸡蛋汤充满争议

鸬鹚窝的天，向来明朗

对面的女子，习惯不穿衣服做饭

天上地下，风景无限

鸬鹚窝的春天，遥远

美江小学的少年，灿烂千变

鸬鹚窝，依然是一个谜

石美

搬离石美之后，记忆一直停滞不前

我以为我会待在石美，看着人流老去

那种熟悉如同回家的感觉

在来来往往的川流中流逝

我能喊出石美大道两旁每一个

商铺老板的姓名，他们或者她们

在石美，我生活了整整五年

卖烧烤的兄弟从有媳妇到有孩子

黄振龙的妇人由一个店变为两个

我从一个青涩的诗人，成了势利的商人

生活就是这样，慢慢地慢慢地流淌

流入我们的血液，扎在角落

塑胶厂

冰冷的机器，透着剥削的冷酷

三十四个异乡人，在铝合金焊制

的铁皮中，随着机器轰鸣的节奏

开门，取成品，喷脱模剂

关门，迅速，剪废料，削屏风

压边，打包装，二十三秒二，完成

每天十二个小时不间断地重复着

从晚上八点到早上八点，或从早到晚

一堆一堆的机箱外壳或鼠标底座

在我们的手中，像青春一样划过

灼热而冷漠，而我们无从抗拒

在鸬鹚窝的空旷里

在鸬鹚窝的空旷里，我看见

自己的影子像一只小小的鸬鹚

生命在一步一步地被寂寞吞噬着

没有人群以及被捉弄的玩笑

日子像被擦亮的火柴，随着

气温不断地升高，一切都成了易燃体

随时可能成为下一堆灰烬

万江

在鸬鹚窝狭小的生存空隙里

一条被抛弃的蓝尾鱼，借助南方

多雨的天气，跳到了生生不息的万江

河面光洁，如戏水少女露出的肚皮

天空微蓝，十二月的阳光似月光清爽

蓝尾鱼的眼睛挂在天桥上，行人匆匆

左边莞城，右边万江，乐不知疲

办证妇女的呢喃，越过石美中学

朗诵的乡愁，被掩埋，乞讨的老人

和兜售自己的女人往返的次数逐渐减少

一群群带着失望的人离去，蓝尾鱼的眼睛

没有泪水，思绪被一种渴望嵌入辛酸

在路上

来往的车辆呼啸而过

雨水打湿了我肮脏的衣服

一群乞丐和我一同向天伸手

大地没有怜悯，反而顷刻风雨浇灌

我的衣服，像破坏的蜘蛛网

怒吼，雷声无法传达我买不起一把伞

和坐不起公交的窘迫，最后

只能在雨水中写下这首绝望的诗

继续前进，前进的途中

我忘记了自己曾经接受过十六年的教育

在五颜六色的霓虹灯下，对着路灯架

丑陋地撒了一泡尿

过往车辆里的人们，指指点点

他们的笑声在我的想象中

如同娇艳的玫瑰花，让我羞愧

失落的风景

喧闹使灵魂丢失了诗意

远离孤独的黑夜，完成一首诗

似一段苦难的创业史

夜晚使我久久不能入睡

田野被一口口油井占领

丧失了，孩子和风筝奔跑的风景

麦田在灯盏的背后

同我一般的哀伤，哭泣

太阳从一堆铁架的缝隙中

裸露出一截柔弱的光

我和我的故乡，在这光下

渴望着一场暴风雨的洗礼

宁州的寒冬

行走在宁州城空旷的寒冬

如同遭遇死亡的使者

令人哆嗦着臃肿的寒颤

宁州伟大的母亲河——马莲河

此刻也停止了跳动的心脏

和可爱的小蚯蚓一起冬眠了

王老五的秦腔也被冰封了

刘双喜也钻进老婆的被窝里

懒得出来叉上双手骂街了

只有匆忙的脚步声伴随着团团炊烟

回荡在宁州这古老城市的山谷间

同收银小姐盘点这一年

四月五日

今夜的月亮是昨天的一半

另一半被北方而来的沙尘暴掠走

满目的黄沙和飘零的落叶

在团团祭火中起舞

今夜的月光是往日的一半

另一半被一个叫异乡的词遮住

从桥东遥望桥西

尽是徐徐上升的纸币

荔枝林

从阳台上望去，红土地的荔枝林

一片一望无际的翠绿，难以想象

怎样的气温下可以观赏

那紫红的令人充满想象的美景

或许，期盼需要延续到汗流浃背的六月

而六月，一群猫头鹰挂满枝头的季节

我会流浪在何处？远方？远方

失去了方向，难以假设这一生的结局

不仅仅是死亡，还有追求的高度

荒凉的北方不适合生长，这盛夏的果实

那么，一颗北方的心是否适合

在潮湿的南方，成长

忧伤的思乡人

一片绿油油的油菜花

在梦中把黑夜惊醒

泪水给洁白的诗稿

添上了一层起伏的皱纹

故乡在远方的远方向我叹气

找到青稞马，真的

可以重返我日夜思念的故乡？

记忆中凝固的油菜地

你到哪里去了？

是谁将那座废弃的蘑菇厂

驾在你的头顶上

水灵的鸟儿们

一定不喜欢水泥堆砌的冷漠

叫嚣以及拥挤的汽笛和团团的黑色烟雾

你让我的乡情放到哪里？

故乡啊　故乡

我青山绿水的故乡

是什么使你变得如此的狼狈？

骨头

狭小的一寸鱼骨

卡在喉咙里，牛贩子

漫天喊价，落地窗

以及即将来临的凡亚比

在夜晚，无关紧要

离开的人，已丢失

黄昏，在下一个黎明之前

一堆废话，照出暗夜

床上的动物，欢天喜地

做烧烤买卖的胖子

突然，成了

"越拍越高"中的"船长"

摘掉面具的时候，好似

糊掉的红薯

生活依旧，一米七三

52 公斤，往常一样无聊

只是想起骨头，很沮丧

活着，全身酸软

跛脚的三儿

你如何向太阳证明清白

我在梦中遇见过你，盗窃

穿过二巷八号的巷子，你冲我微笑

竖着中指，诅咒着我臃肿的体型

牌坊上图腾的鸬鹚

岂能饶恕你，可恶的罪行

城市避开我，它给我大雨

积水成为洼的街道，阻滞前进

肮脏的天福，陈列着过期的罐头

辘辘饥肠，好亦多的大门向你敞开

我被关在鸬鹚窝的二巷八号

像渐近渐远的童年，难以靠近

此刻，你在熙攘的公交站台

低着沉闷的头，暴露着伤残的脚

蓝格子色的沙发，删改的《独唱团》

光洁飞驰的各色小车，鲜艳的衣服

扭动的裙裾，肆无忌惮地笑

你仇视着一切，依然爱着可怜的母亲

桌上的香蕉未曾吃过一口

供养着年幼的妹妹

你乞讨、捡垃圾，甚至盗窃

白天在我的视野中，晚上偶尔出现在我的梦中

我热爱你倔强的头颅，生活的勇气

永远不愿放弃活着的机会

我甚至相信你，总有一天会出人头地

我看着你从小孩变成男人

看着你如何从我的车篮里拿走香蕉

如何偷走我的钱包，冒着雨将身份证和银行卡

丢在楼下，我憎恨你，欣赏你

炒河粉的生意越来越好

城管越来越宽容，这个城市逐渐在变

你也在变，我偶尔下班去你的摊位

吃饭，盛得满满的，像你的歉意

石美的天充满蓝色，你闪烁其中

望着滨江公寓明亮的台灯

露出洁白的牙，故乡越来越远

那些黑色的窗户，总有一扇属于你

你在变，石美在变，城市在变

寂寞的梦

路铺着一层薄薄的冰

无情地向远方延伸

夜空中无月亦无星

好生的凄美

唯独远方几盏稀疏的灯

透过黑夜，张望着

猫的挣扎

潮湿的南方又下雨了

头顶，铁皮被敲打的声响

和着机器无休止的轰鸣

像四月复杂的心事，在塘厦

在布满黑色塑料的石潭布

随着一只无知的猫，掉进水坑

化成一条游动的蓝尾鱼

把所有的梦都忘却，为生存

四处喊叫，像一个孤独的诗人

在狭小的啤酒瓶中，难以自拔

友谊路

许多香飘出来

站着是坐着的未来，青春

从外至内鲜活，欢笑和风流，已成往事

留下的只有冰冷的泪和废墟

杜十娘的真情在延续，陈世美层出不穷

生活是一把刀，越磨越利

无处改变，无力挽回

在卡夫卡的树上

ZAIKAFUKADESHUSHANG

98

黄屋仈的男人

那扇门的内侧

一个中年男人悄然静坐

无以计数的贪婪和夜晚

颓然倒下，击落早晨的梦

上帝，在何方？

银色的五菱荣光，一闪而过

生活是一个耐人寻味的敌人

拖家带口，树敌千万

黄屋仈的男人，何时拔剑？

第八只烟蒂飘落坠地时，砸出一道光

背影高大，在黑夜里

哇，多像你，苦难的兄弟

乡愁

远方的沙尘暴

以及放风筝的童年

那么清晰，那么逼真

匆忙中伸出干枯的双手

才知道，又是一场彻头彻尾的梦

一地的泪水

溢满了，盛着月光的古井

月亮

一地的月光

掘出虫子微小的鸣叫

以及蚯蚓在地下爬行的艰辛

和着北方而来的风

挂在树梢，同倒影摇曳

使纯静的月光　成了一口大罗筛子

把诗人轻浮的梦　筛落

一列南方驶来的火车

送给世人一个千古难解的谜

钓秋

装饰你的日子，依然保持垂钓者的姿态

岁月的河水，终究无法停止向下流淌

逐渐地，逐渐地驶向苍老的季节

倔强的脾性，不改当年思想者的样子

依然，生气、垂钓、思考、回忆、向往

你总是喜欢使着性子，老了亦如此

坐在河边的样子，恰如三十年前

令人心疼的模样儿，即使秋天也不凋谢

说不完的悄悄话，留给窃窃私语

沉浸在你注视的目光中，钓起一片深秋

天色发黄，长长的柳叶落在长长的河堤上

透着秋的韵味，篱笆在乡间的回忆

醉了夕阳，醉了深秋，醉了相扶一生的老人

他们的倒影，在水中飘动，噘着嘴

孩子般可爱极了，暖了整个秋天

窃窃私语

静静地，在林中悄悄地隐秘

忘记所有的繁华和恐惧，在阳光下

露出生命中勇敢的部分

对着城市、规矩、习俗、恐吓

发出最深低鸣的抗争

冬日的早晨，没有人知道逃匿的方向

大自然不会告密，相亲相爱的人

干净的早晨、宁静的早晨、希望的早晨

两个人，成功远离人群，远离利箭

比翼双飞，在新一片天地中

所有的故事都已经结束

今天，他们在光辉中重塑人生

叶茂根深的林子里，没有谁

可以阻挡爱情，窃窃私语、依偎

亲吻、相拥、融合，这伟大的恋曲

三家村

三家村的天空，微微泛蓝

童年的古堡，望着远方归来的学子

出出进进，在曲折的小道上

成长，一棵参天大树

举起三家村的荣辱和兴衰

三狗子的弹弓，惊起一群白鸽

猫蛋蛋上树的本领，常常让鸟妈妈担忧

曹花花的哭泣，惊醒夜晚的猫头鹰

三家村的寂寥，在几个孩子的调皮中

渐渐聚成一把火，照亮田野

那些长眼睛的云朵，闪着光

从窗子飞出来的三家村

在不远的路上，越过小草

白墙上的故事，让夜里的煤油灯

照着乡亲的脊背，永不凋零

山乡雪夜

静静的山，静静的雪

悄悄地占领了荒凉的双峰大地

沟壑之间，填满白色的风景

满仓的高粱、大豆、小麦，化成醇香

埋葬老人的一片荒凉，一片寂寞

几束微弱的烛光，点亮雪夜

最深处的灵魂，映照着希望的田野

丰收的梯，望着窗外风雪，斩不断的远方

烛光下的期盼，寄托着母亲的思念

弥漫着窝窝头和新棉袄的味道

念家的人在远处翘望，大雪

压不垮梅花，傲然屹立的品德

游子思亲的情怀，蠢蠢欲动的心

奔跑，驶向一抹淡黄

驶向父母茅草屋中的温暖和焦切

乡间

汹涌的海，在天上招摇

吓跑了，准备远行的乡亲

宁静的小道，弯弯曲曲地爬行

插入海底，延伸着尽头的传说

如此美妙的早晨，一分为二

一半明媚，一半来势汹汹的云朵

在乡村的早晨，勾勒出阴阳图

坑坑洼洼的小道，载过多少嫁妆

多少牛马羊群和走出去的梦想

石头、野花、老羊倌，知道

下一场雨吧，踏平松土和诅咒

让鲜花开放在两旁，鲜艳整个季节

继续前行，把磕脚的石头甩向深渊

带着人生的信念，走向新的梦想

再回首，再回首，翘望故乡

苦难

不足五平米的地下室

两个人，洗脸从来不用香皂

因为那是一种奢侈的浪漫

我把所有的苦难，同一座古老的城市

放逐，在历史流动的河流中

承受并坚强地跋涉

而赐予我伟大力量的，是你

你用语言，把我所有的忧伤

驱走，在孤独的日子里

你为我撑出了一片自信的天地

像一鼎永远燃烧着的火炉

把周围人世中的忧伤和讥笑

一一地融化，让我信心高昂

第三辑 —— 忌 日

忌日

午夜，坐在阳台上

想起去年的比喻，一晃而过

一只蜈蚣在墙上，烙印下的痕迹

密密麻麻的如母亲的针线头

然而，现在什么都没有了

墙被拆了

凌乱的脚步被风雨洗刷掉了

就连母亲也成了一座土堆

风景带

我们就这样坐着，像一群死去的蚂蚁

此刻只有一个黑洞在等待着我们

那黑色的熟悉的巢穴，已经远去，像钟声

又连续吐出胃液，消化我们的脚

路没有影子，现实像得了狂犬病的瘟疫

我们走了很远来到这里，把自己走成了尸体

流浪，没有静止的江河，停止得如此措手不及

只需一秒，我就看清沙子一直沉在水下

梦究竟是梦，没有未来的颜色

我不得不停止游戏，大声说：天空是白的

一切是虚幻的，诗人多么悲伤的名字

被自己欺骗了，唱着最陌生的歌

远方已经不是远方，而尽头面目全非

没有人意识到一个理想的破灭

拯救只有在死亡降临时才刚刚开始

我所要的转折，早已在我吃下自己前再次转折

于是我看见一路的风光

像流逝的青春一样令人回味

当路再次延伸到我的嘴里，你说我是继续吞下

还是全部吐出？

回家

疲惫的女人半倚在男人的怀里

抱着孩子安静地睡着了

男人心疼地抚摸着女人的发丝

发出沉重的叹息声

掏出旱烟锅抽了起来

满车厢的人闻到那股干裂的旱烟味

投来复杂的目光

同情或者可怜或者责备或者嘲笑

男人不好意思地在铁皮上弹了弹

列车员婉转的声音开始报站

男人轻轻地推了推蜷在怀里的女人

"孩子她妈，再有三十块钱就到家了"

"这东西还真快啊，这钱没有白花"

女人说着，拎起他们的大化肥袋

便下了车

过年

一场大雪，覆盖了方圆十里的村庄

路像一条失去知觉的蛇

蜷在白花花的棉花里

快乐地舒展着生活

村口的王老汉，迎风站在门口

光头上布满雪花 眺望着

城市的人，在水泥钢筋中

遗失了童年的记忆

吧嗒 吧嗒的旱烟锅

被一串冰凉的液体 打灭

屋里的老伴，终于忍不住了

"饺子都凉了，甭等那帮畜生了"

踏进院子

一串刺耳的爆竹声

在两只空碗里

响亮地炸开了 新年

冰雹啊，我的粮食

这夜，为何如此的寂静

除了沉重的冰雹声。尽是叹息

是谁的诅咒，将连枷似的冰雹

送给喜悦的大地

金黄的麦粒，像无家可归的孩子

同孕育它的身体　卧倒在土地里哀伤

此刻，我年迈的父亲，

失去了往日的言语，烟袋满了又空了

爸爸

看到画面中的孩子，我恨自己只是一个诗人而不是大款。如果我有钱，我至少可以资助他完成学业。

——题记

当画图定格在那一刻的时候

我哭了，又一个失去人生支柱的孩子

爸爸，爸爸，强有力的呼喊

几乎把天震开一个口子，几乎

让所有的人心碎，那是来自生命的呐喊

脆弱而强烈，谁也拦不住

疯一样地奔向废墟，跌倒了

又爬起来，跑着喊着

最后，一下子瘫痪在死去的父亲面前

摇着冰冷的尸体，喊着：

爸爸，爸爸，爸爸，爸爸

爸爸，妈妈已经走了，你留下我怎么办

爸爸，你醒醒啊

我答应你以后一定好好读书

爸爸，你醒醒啊

爸爸……

青春期

七月的清晨，飘雨

走过一阵匆忙的泥泞

彩虹在一对情侣的眼中凸显

雷同的脚步，吵醒了猫头鹰

一团乱麻，从乌云深处撒下

如凌乱的发丝

睁开懵懂的眼睛，发现

一双山丘，在昨夜突然膨胀

在卡夫卡的树上

逐渐遗失的牧羊人

城市，钢筋水泥的屋子

一群蚂蚁被隔离，触角

成了失去信号的摆设

远方淘金的牧羊人

在红绿灯面前手忙脚乱

迷茫如同脱离母体的蒲公英

肮脏的十三号线

西装革履的淘金者，企图掩饰身份

总是被一口流利的白话揭穿

记忆中迷途的羔羊

总会有看管的牧羊人寻找

而他们，越走越远

路过一场车祸

寂寞的路像一条冰冷的蛇

一摊殷红的血浆，凝结在路上

一个男人安静地躺着

肇事的司机迅速地逃离了现场

留下生命脆弱的惨象

作为一个良知的路人

我所能够做的只有为他合上不幸的双眼

让其痛快地安息在黑夜里

环顾四周，在好事者未抵达前离去

在继续前行的道路上

为他所记挂的祈祷

忘记清明节

每年，那时我都会静思

期待那些带着遗憾的人安心

今年特别忙，忙孩子忙公司的事

上午在医院带孩子例行检查

下午去公司处理缺货的订单

日常的日常生活

忙忙碌碌，一天过去了

连清明都忘记了

这样的生活，糟透了

我不知道明天我会忘记什么

有一天，或许连自己都忘记了

密码

打破一切的常规，开始一段生活

忘记黑夜煎熬的日子，在有生之年

写下一段不为人知的历程

针孔知道的，必是你好奇心所在

一个人的密码，或者可以透支许多信用卡

生活如此烦琐而简单，回忆便是新的思考

我在此刻想你，你势必会从梦中惊醒

我们互为影子，谈不上欣赏

大概只是为了复仇

如此，所有的锁将自动打开

我的哲思，你也许不懂

无须理会

在卡夫卡的树上

ZAIKAFUKADESHUSHANG

搬家

一条弯曲的蛇

阴冷、潮湿地蜷在石美

无数次我穿过这样的巷子

想象少女惊讶的表情和呼叫

一次又一次地提醒女友

加班时给我短信，我去接你

没有人情味的巷子，冰冷似一块心病

逐渐习惯揣着这块心病

因为搬家无用，巷子太多

蛇太多

团结

午夜没有钟声，被一群流氓吵醒

眼睛的红肿和嘴巴的哈欠

在这样的夜晚夸大，沙哑的喉咙

开始骂人，一对男女的争吵停止

我开始觉得这个世界难以拯救

于是，在楼上的厮打中

我开始提起多年遗忘的笔

写诗，但愿能够抵达太阳

与一只不驯的狗相遇

与一只不驯的狗相遇

以相依为命的关系

在街头或者田野，彼此为影子

流浪，看着太阳发笑

在一片布满锈的日子

保持在路上的姿态

热情地诅咒，撕咬

冷眼地晒太阳，摇尾巴

在生与死的乌云下

争斗　行走

在晨曦初照的黎明

在晨曦初照的黎明

我便将自己彻底地放逐

理由是一个群体的饥饿

从开学以来，我便开始准备这个借口

现在，我不再属于白昼

或者说，我成功地逃离了太阳

忘记过去的道德和幻想的大学

明天，我要为生命左右的一些事物

以身体和容颜为资本，努力

只是那个风流的顾客

会舔舐我咸咸眼角

为我保存一点我的自尊

分手

在你转身离去的狭缝

让我把往事匆忙地穿插

彻底砍掉回忆的尾巴

重新开启我的河流

把自己装进流浪的瓶子

漂流，漂流至黑暗的深处

失眠

午夜三点钟，正是沉睡的时候

却被一场忽如其来的噩梦

惊醒，陷入失眠的状态

摘一些干脆如死亡的诗句

布在蓝线条的白纸上

想象彻底的睡眠

谣言

人们试图猜想这阵风的来历

然后，凭借经验或者逻辑

在洁白的稿子上

写下一段高明的文字

着笔沉着，冷静

雪球越滚越大

逐渐，露出许多芒刺

许多参与的可怜虫

被没有理由地串在上面

成了，这阵风的本身

或者来历

画地为牢

这一生，站在

物质与精神的分界线上

画地为牢，想尽办法地折磨自己

美院

长头发的男人和女人

在秋千上谈论柏拉图

而这时，柏拉图已经死去多年

朱光潜再怎么费尽心思

柏拉图也不会理会这个可怜的孩子

当死亡降临于一个人的时候

一切的思维方式都会改变

活着，真美

这才是柏拉图真正的美学

梦

我们纵情地歌唱、跳舞或者接吻

却也无法排解内心的寂寞

路还是以前的破旧的路

泥土，却生出了许多血迹

不是少女的殷红

而是，脓包周围堆积的血水

带着脚气和不知名的纤维

第四辑

——

她
们

致过客

那一天，或许是一个玩笑

或许是千年祈祷后的果

天之崖，地之角

在赋予一束光的神奇中

我们就那样相识了

你说，阳光中的每一个原子

都散放着你的祝福

在你祝福的五色谱中，我抛弃了

在古城蜗居的安静和曾经怀念的家

踏上通往北京的列车寻梦，你说

把昨天的黑夜当作回忆的葬礼

把明天的朝阳当作最初的开始

其实我想告诉你，无须朝阳

在你遥远的眼神中，我已听到黎明

在灵魂深处萌发的声响

即使我无法预测未来

是否是上帝的模样，但我却清楚

我的人生，又多了一道彩虹

因为，在日落西山之时

有一位女子会陪我

看那美丽的火烧云

回忆

秋来雁过时

荒野里留下我单调的足迹

一深一浅永不重合地迭起

过去的悲欢离合

像一只倔强的大鹰

盘旋在心灵的深谷中

发出嗷嗷的叫声

回荡在原野上

仿佛要让我记起

那遥远的年代

三十八度

阳光，如同婴儿干净的小手

抚过冰冷的额头之后，我

便成了一个不退烧的病人

从此，我喜欢上了病的感觉

喜欢无比温柔的阳光

以及那个蛮不讲理的护士

久违的梦，像玻璃一样清晰

而我，像田野中寻到粮食的麻雀

夜晚或者白天，喜欢

演奏一些喜怒哀乐的词语

为笆篱外的漂泊者祈祷

一场忽如其来的感冒或者高烧

仅仅一年，我们历经沧桑

阳春三月，谁把我们分割

在一片无人认领的荒漠之间

忍受思念与孤独的苦苦纠缠

干裂的嘴唇，磨出麻子似的水泡

却未能说服周围的人群

双鬓在悲欢的极度夸张中

逐渐显得憔悴，苍老

爱情

从你的样子中，我看到我的疲惫

穿越董志塬一波一波的山丘

我曾想，爱是一眼温泉

我们浸泡在其中，自然会洗净所有的尘埃

或是一缕青烟

眺望，可知的热炕头和幸福

始料不及的布洛芬

治愈了所有的天真

我们看到的未来，如同石平公路

不足一年，业已坑坑洼洼

破烂不堪

走过，你便知

爱情

最好的礼物
——给亲爱的花玲同学

大约在这个时节

你比早胜塬上的秋来得早一些

坐在我的左边，看似一个不爱动的女孩

说不清的柔弱，透着骨子里的好脾气

我相信一句谚语：

一个好脾气来源自一个好家庭

我了解你有多爱他们，乐不知疲地往返两地

青涩的尾巴上，高考的压力扑面而来

大多时候，一脸死相，一潭死水，一本假正经的样子

有时也有青春的张力，也有奔放，也有少男少女的情

青春外漏的间隙，我们逐渐熟悉并相知

你完成的英语作业

你偷偷放在桌斗的糖果

我打瞌睡时你的提醒

从高四到大学，再到如今的融入

友情的光，似乎总能穿透乌云照在我们的头上

九年，说短，我已是当父亲的人了

说长，未来的路曲曲折折，望不到边际

那些年逝去的青春，随着岁月羽翼丰满

有些朋友成了陌路，有些朋友成了亲人

时间再变，有些人和事演绎着永恒

特别的日子，我只祝福你活得安逸、幸福

在爱的路上大胆向前

一首诗，便是最好的礼物

不褪色，不变形，岁月也不风干

降生

又是晌午，天空中缺少太阳

一声啼哭，惊醒了沉寂的大地

睡在我左铺的毛子，生命中

多了一份惊喜，一个小毛子

诞生了，还是一个可爱的丫头

此刻，她静静地躺在母亲的怀抱

打量着四周，

一眨一眨的小眼睛，散着好奇的光

某天，她或许像我一样

在匆忙的午休中，想念大学的好友

也许，她还会知道

她出生的这一天，她父母的好友

为她写了一首诗，那时她会说

时间真快

2011 年 4 月 13 日 12 时 36 分

九月的胎记

一把锈迹斑斑的弯刀

赤裸地挂在庭院的梧桐树上

一串往事和月色，像瀑布一般划过

渗出九月，迟迟不肯离去的背影

冬天已逝，只是耳朵上的冻疮

一直未能愈合，旁边干裂的死皮

如同手腕上，为爱情而留下的胎记

期待，一个路过的医生

在南方的思念

亲爱的，此刻你是否把我想念

午夜的钟声敲响，风从窗外吹来

微微的寒意中，我看见你的天空雪色飞舞

在短裙正在张扬的南方，我突然想起

一件浪漫的事，跑遍这个城市的角落

寻找一件属于北方的礼物，一条雪色的围巾

安慰我失眠的夜晚，但最后失败了

流星划过天空，音乐就响了起来

悲伤从遥远的地方，抵达思想的中央

泪水，像一条河流，淹没了整个季节

黄昏中的你

黄昏与青山，在河流的上空

左侧的柳絮，像儿时的歌谣荡漾

你在其中，噘着小嘴偏头微笑的样子

像三月的一阵轻风，把我的心抓向遥远

北方，冰冻的雨水是否灌满小舟

雨后的你，映在黄昏的美丽中

紫金色的阳光化成一道彩虹

把你的模样沐浴，我湿漉漉的思念

穿过南方寂寥的天空，随一群回归的大雁

排成爱的方队，冲向海滨之城

天塔旁清澈的湖水，映着我们相拥的影子

第一次牵手的羞涩，以及笨拙的吻

一条蓝尾鱼向我们招手，跳跃的欢呼

充满我的心房，北方的爱人啊

你何时归来，在夜深人静的时分

我亲吻着你的相片，满怀泪水地把你想念

怀念是一条流失的河

一些令人怀念的梦，在阵痛的分娩中

露出怪态的翅膀，布满肉体的痔疮

可怕已经达到了让人恐惧的地步

无法挽救，迷醉的羔羊在现实的低谷独步

追随的言行已经老去，甚至锈迹斑斑

现实像一条意志顽强的蛇，它缠绕着我

拥抱着我，纠缠着未来

我像一只死鱼一样，只能翻着白眼

仰天而亡，在一滩发霉的臭水中

放弃了，曾经拼命追逐的海洋

桃花中的你

想起那个夜晚，昏暗的路灯

稀少的人群和车辆，以及

明亮的月光，照在你脸上的妩媚

让我忍不住亲吻了你，许多次

如今，我在寂寞的南方独步

你告诉我，那个小荷塘旁的桃花

开了，并寄来你在桃花旁的相片

四月的天空是一片粉红，像一首歌

记忆在桃花散满草坪的水平线上

随着那首忧伤的古诗，在跳动

你坐在其中，笑容和桃花映出一截春天

城市在一圈一圈地前进，而我站在原地

发呆。心中下了一场雪，含着泪。发誓。

理想

此刻，我想把你抱在怀里
和你频频地不倦地亲吻
我发誓，我要把所有的爱
都要热情洋溢地释放出来
传递给你，我一生迷恋的女神

然而，此刻你不在我身边
我听不到你银铃般的笑声
无法陶醉在你温暖的怀抱中
我多么想，你在我身边

如果在，我愿意停止愚蠢的流浪
把倔强一生的头颅，放在你
温暖的胸膛，静静地
静静地刻录你轻盈的呼吸声
孩子般安静地睡在你的怀里

那一夜

你拒绝了我，屋子成了一座山谷

我掉进了冰窖，清凌凌的冰水流过

满目的钟乳石，插在我的心中

留下的疼痛，像昨日浇在手臂上的开水

你转身离去的样子，那么从容

就像我们一直是一对城市中的陌路

麦芒一样的眼睛，让我久久难以忘怀

我不断地追问自己，这是一生的爱情？

阳台上五月的花又开了，那么

我们在一截狭小的认识中

能否继续这段悠长的精神之爱

阳光刺眼，纷扰的城市在寻找新的出路

朗读者

为你朗读的不仅只是这首诗

以往的日子，你总笑着说好听

陶醉的样子，像驾在彩云上的鸟儿

今天，我要默默地为你朗读

有风的日子没有今天，你的长发飘逸

湖面是巨大的镜子，粘着你的模样

鸟儿不曾歌唱，朗诵者孤立地站着

远方的花，正在聆听我的声音

你在远方，远方的远方，没有尽头

我看不见你的容颜，目光中多了忧郁

此刻，在忧郁和憔悴中成了诗人

站在望女神的悬崖，成了另一个

忠实的朗读者

此刻，我想你像往常一样

思念

无数思念的门，已经关闭

而青春的激情和对爱的渴望

像不泯灭的圣火，曾经误以为

今生，在这个世间的爱都已停止

而你突然的出现，开启了

那沧桑后唯一的情怀

关闭的爱门，如此单薄

仅仅是一则北国暴雪的消息

便引燃了年少时浪漫的思情

夜幕垂下，此刻

或许你已经守在炉火旁

静静地，静静地等待着

我为你献上一束思念的诗

寂寞的爱恋

那夜夜不停鸣叫的猫头鹰

你可知道我寂寞如贼的感情

每夜，我用尽气力把她思念

她的憔悴是否因我而始

猫头鹰啊，同我思念形影不离的兄弟

可否把我冰冷似蛇的情感

在她的窗前点燃

那支珍爱的你送我的钢笔

就是传说的银针

能够完全地探出我中你的毒已久已深

纵使高明的扁鹊再世，华佗复生

也难疗治我的顽疾

展翅高翔的海燕

请栖息我生锈的床头

告诉我如何吐露这七个年头的爱恋

我所敬仰的腾格里

遣派你的使者为我这可怜的人嚎叫

神话

一场美丽的相遇

在远方悠长的情歌中

像天塔周围自由游弋的蓝尾鱼

在渤海之滨的夜晚

漾起许多水之波

亲吻，一支红色的羽毛

悄悄如四月的风

划过条条绿波的下弦月

五色谱，在一张没有痕迹的白纸上

如同翅膀，弹奏着白鸽飞翔的感觉

城市的灯火，寂寞

如冰冷的蛇，围绕着拥抱的样子

迟迟不愿挪开脚步，眷恋

空气中弥漫的草莓味

好像冥冥中早已经习惯的香水味

我的思念，是一条长长的河

在六月丰收的麦香中

我看见满眼的星光

流着泪水，一条长长的河

度日如年般的长，挂在墙壁上

挂在渤海之滨的天塔上

像一道无法逾越的天河

一群不懂事的孩子

田野上肆无忌惮地欢笑

而我的风筝像破了帆的船

挂在一棵枯死的树上

找不到可以说话的活物

唯一的巢，在对面空着

主人像我南下的爱人

在远方

吻

一张轻轻的邮票，落在久违的唇上

思念的夜，像一尊融化的蜡像

软绵绵地滑进了，万江的柔波

动荡的声音，恰似少年不眠的夜歌

真实

如果爱是美好 / 一如平静的水面 / 有我们完整的倒影。

——黄运丰

如果爱是美好，是真实

我将抛弃准确的目标

化成一尾可以游动的水鱼

在你的周围漫无目的地环绕

如果爱是美好，是真实

我将抛弃诗人的枷锁

化成五月天空的一条彩虹

在你的周围实施严密的布控

如果爱是美好，是真实

我将抛弃公民的责任

化成一颗小小的蝌蚪

在你的身体内创造另外一个我

忘却

把记忆从肩上抖落

让禁锢的梦想舒畅游逛

在抖落的欢快中

开始腾飞

歌唱得阳光

在无眠的晴空中

渲染朵朵云之花

飘过回忆的睡姿

也把梦渲染得缤纷

你迟到的身影

在我荒芜多年的梦茵上

留下片片青绿

左手与右手同时厮杀

却无法追溯记忆或从前

夕阳把你的影子　拉长

描在我生命的草坪上

我把她圈定成最后的终结

把右手交给你

把左手彻底地忘却

变幻

我看见你伤心的泪水

划破黑暗，在九月的树梢

结成一尊水晶的雕像

久久地停泊在过去的光源中

逐渐映出二十年后

自嘲的笑容

当你老了

坐在烛光旁

数着疏落的白发时

请为下山的夕阳

加一把柴火

玫瑰的花瓣

在你寂寞的眼中——凋落

感叹往事之情奔流心间

翻开青春的日记

那里有我写下的诗行

一幕幕的往事

都浮刻在里面

爱你的人儿虽已远去

但不要让眼睛寂寞了

孤独之时

煮一杯浓浓的茉莉茶

淡淡地飘香

就有我陪伴的思念

红玫瑰与雪

红色的玫瑰，白色的雪

携着昏暗的路灯

在城市的角落，随着长夜

漫步，咖啡厅的浪漫

像一辆笨拙的卡车划过

溅起一瓢未僵的泥水

英格兰的炉火不属于我

巴黎教堂的欢笑已经结冰

一个人的黄昏，像情人节

绊倒在路旁的玫瑰

欢聚

在此刻，我无数次地吟唱过夜

和我那从来不知疲倦地思念

今夜，我不再把思念高举星空

今夜，我只想抱着你，爱恋你

我的爱人，你迷人的唇

像五月的百合，在温暖的养殖场

我从未品尝过如此的芳香

美丽久久

夜，如此的寂静

而此刻，我不再孤单

因为我知道，今天有你陪伴

前方的九十九颗幸运之星

带着你的嘱咐，为我点亮了

长长的祝福，漫漫长路中

我想，你一定会像"美丽九九"

一直陪伴在我的身边，冬则赏梅

夏则坐在窗前，听火烧云奔腾

在天空中的声音，四季沐浴春光

把一生的回忆藏在心里

把爱洒满岁月的天空

民族

爱已经成为一种真实

一切变得自然，我的梦想

重建一个伟大的民族

将成为我人生中唯一的目标

夜以继日的疯狂，抵达高峰

一个民族在爱的火花中

闪闪发亮，我们将成为始祖

我是这个王国唯一的王

而你将是我唯一的王后

我们坐在两把高大的椅子上

静静地看着子孙们调皮

或者偶尔将你心爱的手镯

藏在不为你我知道的地方

我们就这样平静地幸福下去

挂念

这个夜晚，一个人坐在湖畔

开始为一个蝴蝶的梦

动用身体每一个角落的细胞

记录，一阵风从一个方向

抵达另一个方向的过程

天黑了，善良的女人

坐在门槛上，双手托着下垂的眼神

忘记了疲惫和爱的心酸

以及正在被记录的风

呆呆地期待着，像往常一般光景

一个浪头，劈在尖锐的石头上

溅起一朵朵余晖

在十一月的上空，映出

一只跳动的左眼

情人节

雪花落满了窗台，一束玫瑰

在炉火的上方被紧紧地攥在手中

鲜艳像滚烫的开水，使人疼痛

而我，无法将她传递给你

滨河之城的恋人啊

三万英里之外的爱情

仅仅一年，让我历经沧桑

后
记

一个人的诗歌史

有一本集子，是一个多年写作者的真挚梦想。

这是一本文学青年的总结和记录。很多年前就想出一本集子，也有很多次擦肩而过的机会，却总是犹豫不决，有这样或者那样的顾虑。诗人这个身份，即使现在还有很多人不理解，更别说数年前。记得第一次看到自己铅印的文字还是在高中时，发表在宁县文联主办的《九龙文艺》上，一首模仿孙大雨《决绝》格调的小诗《只为站立的祈祷》。当我的文学启蒙老师张永峰先生读出来时，我黝黑的脸颊泛起了羞涩的红光，如课堂上一个尿急的孩子似的差点憋出了内伤。诸如此类羞涩，伴随着我的一生。每当听到赞誉的词汇，我就惭愧得不知所措。如果你有幸看到这本书，千万别喊我"诗人"。正如你别喊我"互联网大佬"一样，这样的身份都让我羞愧和不安。在这个世上，我就如万千普普通通为生计和子女奔波的男人一样。

对这本集子我有一个清晰的定义，与其说是不惑之年前的总结与记录，不如说是我一个人的诗歌史。在选录作品的时候，我更注重的是每一首作品背后的意义和场景。当文字出现在面前，是否能勾起我的回忆？有创业初期现实生活场景的描写，也有青年时期的呐喊和幻想，也有对爱的渴望和生活迷茫时的思考与彷徨。每一首诗，都能把我拽回固定的时间和心境。每一首诗，都能让我想起过往的点点滴滴和心路历程。这既是我一个人的诗歌史，亦是成长史。

网络上的各种文学论坛或社交媒体，都曾留下许多我的足迹。美好的大学时光基本都泡在看书、投稿、写作中，一个人独居时，听着贝多芬的《命运》，思考着一生怎么活，随心地写下一些诗句。这些诗句中有渴望，有思考，有理想，有迷茫，让我的生命有了别样的风采，看到了许多同龄人看不到的风景。对于一个"早晨从中午"开始的青年人来说，精神上多少有些沉闷，行为上多了少许老成。闲暇之余，年轻的心蠢蠢欲动，在"乐趣园"创办了"大西北诗歌论坛"，后来和旱子、陈就创办了一份民间诗歌报纸《大西北诗报》。记得当时的创刊词别具一格，以一份邮件的格式撰写。发给"所有活着或已死去的人们"。个性签名为"爱上一样东西，没有道理而言。活着，就是为一个寂寞的梦"。年轻就是好，可以夸夸其谈，可以目空一切。后来，请著名诗人梁小斌题了报头，邀请了甘肃省作协主席高平先生、鲁迅文学奖获得者娜夜女士分别担任顾问和名誉主编。

青春总容易夸大其词，而现实往往足够打脸。2007年离开校园，前往首都投靠诗人单水。那时，新疆的旱子、广州的南岩、北京的单水、深圳的石祥、洛阳的余子愚等21名诗人都成了《大西北诗报》的核心成员。我带着文学梦，满腔热血地加入了"北漂"的行列，在单水的单位宿舍偷偷摸摸住了半月有余，一起写诗，一起把一张《大西北诗报》变成了一本厚厚的《大西北诗刊》。从校园的壮志凌云到北京的颠沛流离，让我从一个不可一世的诗人变成了一个为房租奔忙的打工族。正如《在路上》一诗，记载了我身无分文的窘迫。那日正好是发薪日，加班至晚上七点暗示老板发薪，依然没有得到回应。几公里的路上突然下起来大暴雨，我提着唯一一双体面的皮鞋趟过积水，生怕第二日失了文化人的斯文。于是就有了那一首，诸如此类，便有了这本集子。即使再难，我依然举着大西北的旗帜坚持筹借着《大西北诗刊》每期昂贵的印刷费。但那时的我，已经褪去了面对高考时选择独自在住所创作小说的那种激情。对生活和命运，也有了更深一层的理解。幸好，在北京的日子有单水的资助，有女友的牵挂和鼓励，有大西北的信念。

与优秀的人在一起，方能感受到自己的平庸。在北京辗转几度，最终选择了逃离。机缘巧合，落脚东莞在石碣开了一家书店，书店倒闭后进了石潭布的一家塑胶厂。"头顶，铁皮被敲打的声响/和着机器无休止地轰鸣/像四月复杂的心事，在塘厦/在布满黑色塑料的石潭布/随着一只无知的猫，掉进水坑/化成一条游动的蓝尾鱼/把所有的梦都忘却，为生存/四处喊叫，像一个孤独的诗人/在狭小的啤酒瓶中，难以自拔"。《猫的挣扎》便是我那时真实的精神写照。每天成千上万的鼠标和键盘从我的手中划过，最欢愉的莫过于晚上十点夜宵时刻，可以借助小组长带夜宵的特权出去吃一碗炒河粉、吸两根兰州烟。用现在时髦的话说就是"进厂打螺丝"，单调地用时间赚钱让人怀念。闲暇之余，偷偷写几首诗，《荔枝林》《坟堆上哭泣的男人》《逐渐遗失的牧羊人》等等，是那时私密的日记。诗歌褪去了青春的影子，没有任何豪言壮语在心中绽放。

随着生活境遇的逐渐改变，我在东莞重新认识了一帮写字的朋友，郑小琼、塞壬、陶天财、老兵、陈亚伟、蓝紫等等。那时候打工诗人们刚刚觉醒，像大串联一样，大家经常四处串门如走亲戚，写诗，碰撞，交流。数年间接待留宿数日的诗人不少于二三十人，诗歌的热情在碰撞中被重新点燃，诗歌的语言被重新定义。我的许多作品被刊登，接踵而来的稿费让我重新拾起了创作的热情。记得广东作协主办的《作品》杂志刊登了一组我的诗，获稿费近千元。而那时，一份加蛋的炒河粉也就两块五。期间同旱子等发起了"甘肃 80 后诗人大展"，一次刊登了五十多名甘肃青年诗人的 300 多首诗作，被时任甘肃省文学院副院长、著名诗人高凯先生称为"甘肃文学乃至中国诗歌的一个重要事件"。2011 年《大西北诗刊》推出五周年纪念刊，宣告了正式停刊。身边一帮写诗的朋友，从小青年变成了成年人，步入了每一个成年人都要经历的生活轨迹，恋爱，娶妻，生子，回归生活本身。

在东莞六年的时光，我见证了东莞工业时代的繁荣和残酷。从石碣到塘厦，最后落脚在万江；从鸬鹚窝到黄屋迟，最后在莫屋安了家，有了自己的家庭。我人生中最风华正茂的青春留在了东莞，而不安的灵魂依然无法安放在异乡。我常常为外地人的身份而苦恼，也曾试着融入东莞的新生活。为成为一名"新莞人"，我给自己缴纳了"五险"，也参加了广东省作协举办的作家培训班，积极为积分落户做着努力。大概是流浪太久或听不懂当地话的缘故，故乡一直让我魂牵梦绕。2011 年我在东莞开始筹划创办庆阳本土门户网站"陇东阳光网"，为有一天我能够回到家乡做着准备。2013 年初，"陇东阳光网"注册在这用户达到了八万人。在这座支付宝还不普及的小城，在这许多人都不知道微信是何物的年代，八万的种子用户让我看到了商机。于是，我带着出生不久的女儿回到了庆阳，开始了人生的第二次创业。

晃眼间，十年过去了，我从一个毛头小伙变成了中年大叔。命运的美妙之处，也许就在于无法预知的未来。感谢诗歌，让我在灵魂深处依然保留了一些光芒。

是为记。

2022 年 11 月